MÉDOR

ET

BLANCHETTE

ÉCOLE

DE

L'INTERNAT

Paris.—Imprimé chez Bonaventure et Ducessois,
55, quai des Grands-Augustins.

Médor et Minette.

MÉDOR

ET

BLANCHETTE

PAR

Mᵐᵉ J. J. LAMBERT

PARIS

DELARUE, LIBRAIRE-ÉDITEUR

3, RUE DES GRANDS-AUGUSTINS

1861

MÉDOR

ET

BLANCHETTE

I

LE CHATEAU DES ROSES-POMPONS

’ÉTAIT une véritable miniature en pierres que le château des Roses-Pompons. On eût dit qu’une fée l’avait tiré d’une boîte de grands joujoux avec les massifs de rosiers qui lui avaient fait donner son nom. Il avait des murs aussi blancs que s’ils eussent été tapissés de neige, et ses quatre tourelles ressemblaient à de longues flûtes, coiffées en

pains de sucre, surmontées de girouettes pareilles à de petits drapeaux de fer.

Ce charmant manoir appartenait au marquis de Pont-Cassé et à sa sœur la comtesse
de la Paille-Fine, lorsqu'un grand événement
le remplit tout à coup de joie et d'admiration.

Il faut d'abord vous dire que le château des
Roses-Pompons était alors habité par les enfants du marquis et de la comtesse, que leurs
charges retenaient pendant presque toute
l'année à la cour auprès du roi et de la reine.
Ces enfants étaient deux petits garçons et deux
petites demoiselles : Hector et Noémie de Pont-
Cassé, Raoul et Victorine de la Paille-Fine.
Les petits garçons se trouvaient placés sous la
direction d'un savant gouverneur, les petites
filles recevaient les soins d'une sage gouvernante.

Or nos enfants virent, un beau matin, arri-
ver au château deux jolies corbeilles soigneu-
sement recouvertes l'une et l'autre d'un grand
carré d'étoffe de soie. Chacune des corbeilles
était suspendue par un large ruban au cou d'un
page.

Les deux pages déposèrent leurs corbeilles.....

Les pages déposèrent avec précaution leurs légers fardeaux sur le tapis de la pièce où ils avaient été conduits. L'un des deux alors dit ces paroles :

—Voici ce que M. le marquis de Pont-Cassé et madame la comtesse de la Paille-Fine envoient à leurs enfants.

Puis ils s'inclinèrent et allèrent à l'office réparer leurs forces pour reprendre le chemin de la cour d'où ils étaient venus.

Nous vous laissons à penser quelle dut être la surprise des enfants, et si elle fut grande. A cela il n'y avait rien à dire ; malheureusement, il se mêla à cette surprise une curiosité et une impatience qui ne tardèrent pas à tout gâter. Toutes les mains s'étaient tendues vers les corbeilles, chacun de nos petits personnages voulait les découvrir ; on se poussait à l'envi et personne ne consentait à céder. Il s'ensuivit des cris, des pleurs, des trépignements, enfin un tel tapage que le gouverneur et la gouvernante accoururent tout émus.

Pendant ce temps, les corbeilles restaient couvertes.

Ainsi se trouva, par leur propre faute, re—
tardé pour les quatre enfants le plaisir de savoir ce qu'elles renfermaient, et nous voilà
nous-mêmes, qui eussions été bien plus sages,
—n'est-ce pas, mademoiselle?—obligés de
passer au chapitre suivant, si nous voulons
connaître le contenu des mystérieuses cor—
beilles.

Mademoiselle Pain-Sec et Monsieur Moutonnet.

MADEMOISELLE PAIN-SEC ET M. MOUTONNET

Il ne fallut rien moins que l'autorité de la sage gouvernante et celle du savant gouverneur pour ramener à l'ordre les petits tapageurs.

Le nom de chacun de ces deux personnages peignait on ne peut mieux leur caractère et leur extérieur. La première, mademoiselle Prinsec, avait été surnommée par ses élèves mademoiselle Pain-Sec; le second s'appelait tout bonnement M. Moutonnet, et, malgré les airs de Croquemitaine qu'il essayait de prendre souvent, on n'avait rien changé à son nom. Nul autre, en effet, n'eût pu lui convenir mieux.

— Mesdemoiselles , dit sévèrement la

gouvernante, vous ferez ce soir une heure
de pénitence...... Puisque vous n'êtes pas
assez raisonnables pour vous mettre d'accord,
je lèverai moi-même une de ces riches couvertures.

—Et moi, messieurs, ajouta M. Moutonnet
en aspirant avec bruit deux ou trois prises de
tabac pour éveiller sa sévérité, je vous mets
au pain sec... avec des confitures, et à l'eau...
rougie... Ah! mais... Et je lèverai l'autre cou-
verture.

Le gouverneur et la gouvernante découvri-
rent alors les corbeilles. Tous les enfants y
plongèrent leurs regards curieux et laissèrent
aussitôt échapper un cri général d'admiration :

—Oh! le beau Toutou!.. Oh! la jolie Minette!

Dans l'une de ces corbeilles était en effet
roulé un charmant petit chien griffon noir;
dans l'autre se pelotonnait une blanche, mi-
gnonne, adorable chatte angora.

Dès que les couvertures eurent été pliées,
les deux petites bêtes levèrent celle-ci son nez
rose, celui-là son museau de geai. Puis elles

étirèrent gracieusement leurs membres, bâil-
lèrent en montrant une langue fraîche et
grande comme une feuille de rose, avec laquelle ils lissèrent délicatement leur jabot de
fines soies. Enfin ils sortirent des corbeilles,
l'une en faisant le gros dos, l'autre en jap-
pant.

Le griffon portait un collier de maroquin
rouge orné d'une plaque où l'on put alors lire
le nom de Médor ; au cou de la petite chatte
était un ruban bleu fermé par un grelot d'or ;
sur ce ruban était imprimé en lettres d'argent
le mot Blanchette. Toutou et Minette avaient
chacun leur nom !

La gouvernante reprit en s'adressant aux
deux demoiselles :

—Madame la comtesse désire que vous fas-
siez l'éducation de cette jolie petite bête qui est
destinée à la fille de la reine. Vous serez bien
récompensées, mesdemoiselles, si, grâce à
vos soins, Blanchette devient une chatte plus
sage et plus instruite que ne veulent l'être
certaines petites filles de ma connaissance.

—Faites pour Médor ce que je fais pour

vous-mêmes, messieurs ; soyez ses maîtres et
ses gouverneurs ; ainsi le veut monsieur le
marquis, dit à son tour M. Moutonnet en se
tournant vers Hector et vers Raoul. Médor doit
appartenir au fils du roi, et vous serez aussi
bien récompensés que ces demoiselles si l'on
est content de votre élève. Les quatre enfants
se mirent à battre des mains de plaisir.

—Moi, dit Hector de Pont-Cassé, qui était
tapageur et batailleur, j'apprendrai au beau
Médor l'exercice et l'art de la guerre.

—Moi, fit Raoul de la Paille-Fine, dont
la gourmandise était le grand défaut, je lui
enseignerai à tourner la broche.

Noémie avait la sottise de préférer les plai-
sirs à l'étude, elle s'écria :

—Je donnerai à Blanchette des leçons de
musique, de danse et de chant !

—Si elle est bien sage, je lui laisserai faire
tout ce qu'elle voudra ! ajouta Victorine que
l'on ne pouvait corriger de sa désobéissance
et de sa paresse.

—Nous verrons ! conclut mademoiselle
Pain-Sec de sa voix pincée.

Les enfants, aidés du digne M. Moutonnet, allèrent, les petits garçons installer Médor dans un cabinet voisin de leur chambre, les petites filles mettre Blanchette en possession d'un coin de la pièce qu'elles occupaient.

Les deux corbeilles, au-dessus desquelles on suspendit de petits rideaux de mousseline, firent aux jolies bêtes des lits fort coquets ; enfin un paravent chinois dessina et forma la chambre de Blanchette.

Ce fut ainsi que le château des Roses-Pompons devint le berceau de Médor et de Blanchette.

III

COMMENT HECTOR APPRIT A ABOYER

ET QUELLES ÉTAIENT LES PENSÉES DE MÉDOR EN TOURNANT LA BROCHE.

MÉDOR était à peine âgé d'un mois et Blanchette avait quinze jours ou trois semaines seulement. Leur éducation était donc entièrement à faire.

Cette éducation commença dès le lendemain du jour où ils avaient été apportés au château des Roses-Pompons. Pendant tout le temps qui n'était pas consacré à leurs propres études, les enfants du marquis de Pont-Cassé et ceux de la comtesse de la Paille-Fine faisaient la leçon à la petite chatte blanche et au joli griffon.

Hector s'était promis, vous vous le rappelez, de faire un guerrier de son élève. L'en-

Portez..... arme !

fant commença par lui apprendre le mieux possible à se tenir droit sur les pattes de derrière. Puis il attachait au côté du griffon un petit sabre, lui mettait entre les pattes de devant un fusil proportionné au sabre, l'affublait d'un chapeau à plumes, et lui-même, l'épée à la main, coiffé comme un général, faisait retentir l'air des cris de : « Portez armes ! Par le flanc droit, en avant, marche ! Demi-tour à gauche ! Halte ! Reposez armes ! »

Médor était adroit et intelligent ; au bout d'un mois il eût pu savoir faire l'exercice comme un vieux grenadier. Mais dès qu'il trouvait quelque chose difficile, il grognait, laissait tomber son fusil et se couchait au commandement de : « Pas accéléré ! »

Hector se fâchait, menaçait ; les choses n'en allaient que plus mal : alors le griffon hérissait ses poils et montrait les crocs ; ce n'étaient plus que jappements et cris furieux.

On eût dit d'effroyables leçons dans lesquelles Hector voulait enseigner au chien à crier, et Médor apprendre au petit garçon à aboyer.

Il en résulta qu'après quelques semaines de semblables leçons le griffon ne savait faire qu'à-demi l'exercice, mais que son maître aboyait comme un dogue.

Un jour que Médor avait été plus indocile que de coutume, Hector alla, en pleurant de colère, raconter au bon gouverneur ce qui se passait. Ce dernier, au lieu de plaindre son élève, se mit à rire et à se frotter les mains.

—Hé! hé! hé! fit-il, très—bien! bon, cela...

Et il tourna le dos à Hector, qui demeura tout surpris de la gaieté singulière de M. Moutonnet.

Le fruit des leçons que Raoul donnait de son côté à Médor n'était guère meilleur. Le griffon, le tablier de cuisine au cou, avait, il est vrai, appris en peu de temps à tourner la broche. Mais la vue des oiseaux qui se doraient à la flamme semblait lui faire bien davantage tourner la tête à lui—même. Aux regards charitables qu'il attachait sur eux, on pouvait aisément deviner qu'il était sans cesse tenté de tirer les pauvres volatiles de la rôtissoire où elles cuisaient.

Le digne gouverneur prit deux grandes prises
de tabac d'un air tout guilleret.

La présence de Raoul ou celle de Blanchette, qui venait la plupart du temps faire son ron-ron à l'autre coin de la cheminée, empêchait seule le chien de céder à ses sentiments de tendresse pour les oiseaux embrochés. Faute de pouvoir faire mieux, il se contentait, lors-que la petite chatte fermait les yeux, de témoi-gner son amitié à ces appétissants oiseaux en leur donnant de grands coups de langue. Or, notre griffon les léchait avec tant de tendresse et de si bon cœur, que souvent il emportait le morceau.

Cela obligeait Raoul à le surveiller et à le gronder sans cesse ; peine perdue ! Médor re-commençait toujours.

L'enfant alla à son tour dire à M. Mouton-net que Médor était un incorrigible gourmand.

Raoul s'attendait à voir le digne gouver-neur prendre son visage sévère. Mais celui-ci prit tout simplement deux grandes prises de tabac qu'il aspira d'un air tout guilleret en disant :

—Bon, bon !... Voilà qui est bien, très-bien !

3

Puis il se rendit en sautillant auprès de mademoiselle Pain-Sec, avec laquelle il eut un long entretien.

Hector et Raoul se demandèrent alors ce que voulaient dire les *Bon !* et les *Très-bien !* de M. Moutonnet, et pourquoi il paraissait si joyeux d'apprendre que Médor était gourmand, volontaire, emporté.

Peut-être le saurons-nous tous bientôt. En attendant, voyons ce que faisait Blanchette.

IV

ICTORINE de la Paille-Fine, dont le plus grand plaisir était de ne rien faire, avait, en bâillant, dit à sa cousine :

—Commence l'éducation de Blanchette. Je lui apprendrai ensuite à lire, parce que cela n'est pas fatigant, et que je pourrai donner mes leçons étant assise ou couchée.

Noémie avait alors pris et mis sur ses genoux les pattes de devant de la petite chatte blanche et lui avait ainsi parlé :

—Mademoiselle Blanchette, je ne vous apprendrai que des choses amusantes; seulement il faut en savoir beaucoup, car rien ne devient

plus vite ennuyeux qu'une chose amusante.
Cependant, ce qu'il y a de meilleur au monde
est de s'amuser, quoique mademoiselle Pain-
Sec prétende qu'il ne faut pas toujours penser
au plaisir et au jeu ; mais mademoiselle Pain-
Sec ne sait ce qu'elle dit.

La chatte n'ayant pas soufflé mot pour con-
tredire ce beau discours, Noémie continua :

—Je vais d'abord vous donner une leçon
de harpe. De cette façon, vous pourrez faire
de la musique lorsque vous serez lasse de danser et que vous aurez assez joué avec vos petites amies au volant ou à la... patte chaude.

En parlant ainsi, Noémie avait découvert
une harpe ; elle poursuivit :

—Tenez, il ne s'agit que de promener sur
ces grandes cordes vos petits ongles blancs
et pointus... comme cela : *Dig dig, dog dog,
dog don !*

Un grand bruit de cabrioles et de bonds in-
terrompit Noémie, et elle vit Blanchette qui
s'était mise à faire une partie de balle avec une
grosse pelote de laine.

La jeune fille eut grand'peine à rattraper

son élève; elle parvint enfin à mettre Blanchette devant le pied de la harpe, et reprit avec une voix qui, en ce moment, ressemblait un peu à celle de la sévère gouvernante :

—Mademoiselle, ce n'est pas en jouant à la balle que vous apprendrez à pincer de la harpe... A votre tour, voyons !

Noémie plaça sur les cordes les pattes de devant de la chatte. Mais cette dernière s'échappa pour courir après une mouche. Cette fois, la petite fille ne put reprendre Blanchette, et la leçon dut se terminer là.

Toutes celles qui suivirent furent à peu près pareilles. Quand il s'agissait d'étudier la danse ou le chant, Blanchette courait après sa queue ou bien jonglait avec les glands des rideaux.

Vainement Noémie répétait-elle d'un ton qui ressemblait de plus en plus à celui de mademoiselle Pain-Sec :

—Mademoiselle, vous ne songez qu'à jouer; aussi vous n'apprenez presque rien et ne serez qu'une ignorante.

Hélas! la prédiction ne semblait que trop devoir se réaliser. Toutes les après-dînées,

Victorine, assise dans un large fauteuil et te-
nant une longue baguette, afin de n'avoir pas
à se déranger, restait pendant une heure ou
deux enfermée avec Blanchette. L'enfant
montrait alors à la chatte les lettres de l'al-
phabet inscrites sur un grand tableau ainsi
que sur de petits carrés de carton qui étaient
placés à terre.

Près d'un mois s'écoula et Blanchette ne
savait ni A ni B. Nous nous trompons : comme
c'était une bête d'esprit après tout, elle avait
fini par connaître deux lettres et par apprendre
à les assembler : ces lettres étaient le D
et l'O; elle les réunissait deux fois de suite
et de cette façon : DO, ce qui faisait DODO.
Après cela, l'institutrice et son élève s'endor-
maient toutes les deux.

Ce qui faisait DODO.

V

ICTORINE s'étant sentie, durant une des leçons de lecture, plus éveillée que d'habitude, voulut jouer au lieu de dormir; mais Blanchette avait sommeil; elle s'entêta à demeurer roulée en boule comme une grosse pelote de soie blanche. Bien que l'on eût défendu aux enfants de maltraiter les deux animaux, Victorine tira vigoureusement les oreilles de la chatte en lui reprochant d'être une désobéissante.

Blanchette répondit à sa manière—c'est-à-dire par un coup de patte—que la petite fille lui donnait l'exemple de la désobéissance, et lui montra ainsi le danger de cette désobéissance. Victorine vit sortir son sang par cinq petits trous que lui avait faits la griffe du joli animal et se mit à crier.

Les autres enfants arrivèrent, et, pour consoler la jeune demoiselle, dirent tous que Blanchette devait être sévèrement punie. Chacun proposa une manière différente de châtier celle-ci. Comme on ne pouvait parvenir à s'entendre, Hector de Pont-Cassé reprit :

—Il faut juger Blanchette. Écoutez : mon cousin et moi nous n'avons pu faire de Médor ni un bon militaire, ni un bon cuisinier; voyons s'il sera un juge meilleur et faisons devant lui le procès de Blanchette.

—Oui ! oui ! cria-t-on d'une seule voix.

Et il fut sur-le-champ convenu que l'orateur remplirait le rôle de gendarme, Hector les fonctions de greffier de Médor, enfin Noémie celles d'avocat. Victorine était l'accusateur.

Le lendemain siégeait sur son lit de justice —un tabouret hors de service—Médor coiffé d'une vieille perruque de M. de Pont-Cassé, sur laquelle était placée une sorte de bonnet carré. Le chien avait, en outre, une robe noire

Médor siégeait sur son lit de justice.

que Noémie avait taillée en forme de toge dans
un de ses jupons mis au rebut, et sur le museau une paire de grosses lunettes empruntées
à M. Moutonnet. Tout cela en faisait un fort
beau juge.

A son côté gauche se tenait Noémie et derrière lui Hector, fagotés l'un en avocat, l'autre
en greffier. Victorine, les cheveux flottants sur
les épaules comme une victime, étant venue se
placer à droite du tribunal, Raoul, sabre en
main, introduisit Blanchette dont les deux
pattes de devant avaient été attachées avec une
faveur rose.

Les débats commencèrent : l'accusation
portée par Victorine remplit l'auditoire d'in-
dignation contre la coupable, mais la défense
que présenta Noémie fit couler des larmes sur
tous les visages.

Greffier, gendarme, *avocate* et plaignante
venaient de s'essuyer les yeux, lorsqu'ils s'a—
perçurent que M. le juge avait tout à coup
disparu.

Tous les enfants laissant là Blanchette se mirent à la recherche du magistrat à quatre pattes.

4

Après avoir inutilement fouillé une partie du château, ils songèrent à la cuisine.

A la porte de cette cuisine, nos petits personnages trouvèrent M. Moutonnet qui riait comme un bossu. Ils le questionnèrent et il répondit :

—C'est que je viens de voir le juge Médor s'enfuir avec une perdrix qu'il avait retiré de la broche.

Cela dit, le gouverneur s'éloigna, non sans faire encore une fois ses éternels et mystérieux *bon, bon ! très-bien !*

Les enfants demeurèrent tout interdits ; puis ils se rappelèrent Blanchette, revinrent dans la pièce où le tribunal improvisé avait été établi.

La petite chatte blanche, brisant ses menottes de soie, avait aussi disparu.

VI

MÉDOR ET BLANCHETTE CORRIGÉS

Huit jours s'étaient écoulés sans que Médor ni Blanchette eussent reparu. Vainement les avait-on cherchés : on n'avait retrouvé que les lunettes, la toque, une partie de la perruque et quelques lambeaux de la robe de M. le juge, qui avait perdu tout cela en fuyant.

Les quatre enfants étaient bien tristes; mais M. Moutonnet était devenu plus gai que pinson, et mademoiselle Pain—Sec avait l'air moins sévère qu'auparavant.

C'est que depuis la disparition des deux animaux, Hector ne se montrait plus aussi tapageur ni aussi entêté; c'est que Raoul s'était

presque entièrement corrigé de sa gourmandise; c'était encore que Noémie ne laissait plus
l'amour du plaisir occuper sans cesse son
esprit; c'était enfin que Victorine avait en partie
perdu ses habitudes de paresse. L'exemple du
griffon et de la chatte blanche avait été une
leçon pour leurs petits maîtres et pour leurs
jeunes maîtresses. Hector et Raoul, Victorine
et Noémie s'étaient dit : Mon Dieu! si j'allais
ressembler à Médor ou à Blanchette, si j'allais
comme lui devenir voleur, rester ignorante
comme elle! Et ils se disaient encore toutes les
autres choses que vous devinez.

Puis ils ajoutaient : Pauvre Blanchette, où
êtes-vous? pauvre Médor, qu'êtes-vous devenu?

Au moment où l'on s'y attendait le moins,
des miaulements plaintifs qui venaient d'un
grenier semblèrent répondre à la première de
ces deux questions.

Les enfants s'élancèrent jusqu'à ce grenier.
Ils y trouvèrent sur une planche pourrie Blanchette maigre, sans force, le poil terni.

Il fut alors aisé de deviner que la chatte, re-
doutant le châtiment qu'elle avait mérité, s'était

réfugiée sur les toits, où elle avait vécu au froid, à la pluie, de quelque petit oiseau dont elle parvenait de temps en temps à s'emparer après beaucoup de peine. Ce jour-là Blanchette n'avait pas eu la force de quitter la planche sur laquelle elle venait coucher, et elle était près de mourir de faim lorsqu'on la retrouva.

Elle fut bien vite reportée dans son bon petit lit, où une tasse de lait bien chaud la ranima un peu.

Quelques instants plus tard, des aboiements douloureux se faisaient entendre à la porte du château des Roses-Pompons. Hector et Raoul y coururent et virent Médor qui vint la tête basse, la peau collée sur les os, l'oreille déchirée, une jambe traînante, tomber à leurs pieds.

Il était facile aussi de comprendre que le griffon n'osant, quand il eut dérobé la perdrix, rentrer au château, avait erré dans la campagne. On sut plus tard qu'un paysan l'avait rencontré et porté dans sa ferme, où les coups de dents des autres chiens, les coups de fouet des valets et les travaux les plus durs ne lui

avaient pas été épargnés. Médor s'était de nou-
veau enfui et était tombé dans un piége à re-
nard d'où l'avait tiré, par pitié, une petite
paysanne. Ce fut alors qu'il reprit, à demi
mourant, le chemin du château des Roses—
Pompons. Que d'infortunes pour un acte de
gourmandise ! Blanchette et Médor demeurèrent pendant quinze grands jours au lit, et
ils eurent tour à tour les enfants pour méde-
cin, pour garde-malade et pour apothicaire.

Les deux animaux étaient en pleine conva-
lescence lorsque le marquis et la comtesse arrivèrent au château. On commença par s'em-
brasser, puis Hector dit :

—Mon père, je ne suis plus volontaire ni
emporté.

—Et moi, poursuivit Noémie, je ne suis
plus toujours joueuse et étourdie.

—Chère mère, dit à son tour Raoul, je me
suis corrigé de ma gourmandise !

—Et moi de ma paresse ! affirma Victorine.

Puis, tous ajoutèrent :

—Nous ne voulons pas ressembler à Blanchette et à Médor.

Le Marquis et la Comtesse arrivèrent.

—Allons, fit le marquis, je vois qu'en vous donnant à combattre leurs défauts, nous avons réussi à vous montrer à quels inconvénients et à quels dangers vous exposaient les vôtres mêmes. C'est pour cela que nous vous avions envoyé ces deux jolies bêtes. La sagesse que vous venez d'acquérir n'est-elle pas la plus belle des récompenses ?

—Oui ! oui ! répondirent les enfants.

—Je comprends maintenant, dit Raoul, pourquoi M. Moutonnet était si joyeux lorsque Médor faisait une sottise : c'est que chaque faute du chien ou de Blanchette.....

—Était pour vous un enseignement, conclut la comtesse.

Nous ajouterons que Blanchette et Médor ne profitèrent pas moins de la terrible leçon qu'ils avaient reçue eux-mêmes. On vit, en effet, le griffon danser à la cour un pas de menuet joué sur la harpe par la petite chatte blanche.

FIN.

TABLE.

www.ingramcontent.com/pod-product-compliance
Lightning Source LLC
Chambersburg PA
CBHW061716180626
46818CB00003B/1388